W0308383

Gilbert **Delahaye** ◆ Marcel **Marlier**

martine

jardine

casterman

• Découvre les personnages de cette histoire •

Martine

Joyeuse et curieuse, Martine adore s'amuser avec ses amis et son petit chien Patapouf. Ensemble, ils découvrent le monde et vivent de véritables aventures. Une chose est sûre : avec Martine, on ne s'ennuie jamais !

Jean

C'est le petit frère de Martine. Avec Jean, Martine se sent grande, et ça lui plaît beaucoup. En plus, tous deux s'entendent à merveille. Être grande sœur, c'est le bonheur !

Patapouf

Ce petit chien est un vrai clown ! Il fait parfois des bêtises… mais il est si mignon que Martine lui pardonne toujours !

Moustache

Moustache est un petit chat malicieux et coquin. Très curieux, il furète partout. Mais il ne refuse jamais un câlin. Heureusement, Patapouf et lui sont bons amis et ne s'entendent pas « comme chien et chat ».

Les parents de Martine viennent d'acheter une maison de campagne.
Le jardin a été laissé à l'abandon pendant des années...
les plantes ont besoin d'être taillées, le puits est envahi par la mousse
et les mauvaises herbes.
– À nous de le transformer en jardin magnifique ! annonce Martine
à son petit frère Jean.

Martine et Jean sortent les outils de jardinage. Il leur faut des râteaux, des pelles, une brouette et une grande pelle.

– Première étape, annonce la fillette, planter des fleurs et répandre du gravier dans l'allée !

Ils se mettent aussitôt au travail.

Même Patapouf participe !

– À quoi sert cet outil ? demande Jean.

– C'est une binette. On l'utilise pour retourner la terre. La serfouette, avec ses deux dents, sert à arracher les mauvaises herbes. Ensuite, on les empile dans un coin du jardin…

– Et, qu'est ce qu'on en fait ?

– Papa et maman vont les brûler. Sinon, elles continueront à pousser partout dans le jardin, sans laisser de place aux bonnes graines et aux jolies fleurs.

Pour créer une deuxième allée, Martine et son frère utilisent de grosses pierres.
– Il suffit de les placer l'une derrière l'autre, dit la fillette.
Jean en empoigne une, sous le regard intrigué de Patapouf.
– Ouf ! Ça pèse plus lourd que toi, Patapouf !

Jean grimpe sur la brouette avec la cisaille et taille un petit arbre.

Mais Martine n'est pas rassurée.

– Attention de ne pas tomber ! prévient-elle. Ces deux grandes lames sont très aiguisées…

– Je suis très prudent, la rassure son petit frère.

Mais soudain… « Ouaf ! Ouaf ! »

Jean a taillé une silhouette de chien : Patapouf est ravi !

– Maintenant que papa a tondu
la pelouse, on peut semer des graines !
annonce Martine.
Puis, pour qu'elles prennent racine,
les enfants tassent la terre.
Ainsi, l'herbe sera plus verte
et des fleurs pousseront partout dans le jardin !
– Ho ! hisse ! crient Martine et Jean
en tirant le rouleau à gazon. C'est lourd !

– Ce serait joli, quelques fleurs près du vieux puits, déclare Martine. Allons chercher de la terre, on y plantera des tulipes !

Mais la brouette s'enfonce dans le sol…

– Oh non ! se lamente Jean. Qu'est-ce qu'on va faire ?

– Il suffit de placer sous la roue une planche ou des cailloux, annonce la fillette. Et hop, le tour est joué !

Et bien vite, les enfants se remettent au travail.

Au fond du jardin,
il y a une rivière.
– Si on construisait
un barrage ? propose Jean.
Ça ferait un petit étang.
Ils ramassent de grosses
pierres au fond de l'eau
et les empilent pour former
un mur.
– Avec un peu de chance,
dit Martine, des poissons
viendront vivre ici !

À chaque fois qu'ils viennent à la campagne, les enfants jardinent. Maintenant que les fleurs ont éclos tout en couleurs, ils peuvent faire de beaux bouquets.

– Le mieux, dit un jour Martine, ce serait de planter notre propre sapin qu'on pourrait décorer pour Noël !

Aussitôt dit, aussitôt fait…

Vivement le 24 décembre !

Quelques mois plus tard, la neige tombe sur la campagne.
Mais ce froid ne décourage pas les petits jardiniers ! Habillés de gros pulls et de bonnets de laine, ils déblaient les allées et balaient la terrasse.
Grâce au bois que leurs parents ont coupé, ils se réchaufferont près de la cheminée…

Quand le printemps revient,
tout semble neuf dans
le jardin !
Martine est émerveillée…
– Voici les tulipes qu'on
a plantées l'été dernier !
Les jonquilles et les crocus…
Il y a même quelques
pâquerettes qui ont poussé
toutes seules !
Pour Patapouf et Moustache
aussi, cet endroit
est un paradis.

Le plus agréable, c'est de contempler le jardin depuis la terrasse.

Sauf que la table et les chaises sont sales et rouillées…

– Il faut les repeindre en blanc, estime Martine.

– Décidément, commente son frère, quand on est jardinier,

il faut avoir tous les talents !

Les cousins de Martine, Lison et Arthur, viennent passer le week-end à la maison.

Et eux aussi veulent faire du jardinage !

– On va tondre la pelouse ! Jean, tu pousses la tondeuse ; Lison, tu ratisses l'herbe coupée ; Arthur et moi, on ramasse les tas d'herbe pour les mettre dans ce panier.

Un vrai travail d'équipe !

Cet été, le soleil brille fort.

– Les plantes qui supportent le mieux la chaleur, explique Martine, ce sont les plantes grasses, comme les cactus. Ils retiennent l'eau à l'intérieur de leur tige.

– On peut boire leur eau si on a soif, alors ?

– Oui, mais attention aux épines !

Jean et Martine entourent les cactus de galets.

– Ce sera plus joli, dit la fillette, et ça protègera la terre du soleil tout en gardant l'humidité…

Mais le plus important, quand on jardine, c'est d'attendre la fin de journée, quand la chaleur baisse.

– C'est l'heure d'arroser les fleurs, bien sûr !

– Incroyable ! s'écrie Martine, un matin. Jean, viens voir !

Dans sa main, elle tient une tortue !

– Comme elle est mignonne… commente son frère. Et si on lui donnait un nom ?

« Ouaf ! Ouaf ! » approuve Patapouf.

Martine est tellement heureuse : Églantine la tortue est venue s'installer d'elle-même dans le jardin… Exactement ce qu'elle espérait !
« Elle doit trouver l'endroit agréable… pense la fillette.
C'est la preuve que nous avons été de bons jardiniers ! Je parie que bientôt, plein d'autres animaux viendront aussi ! »

Retrouve martine dans d'autres aventures !

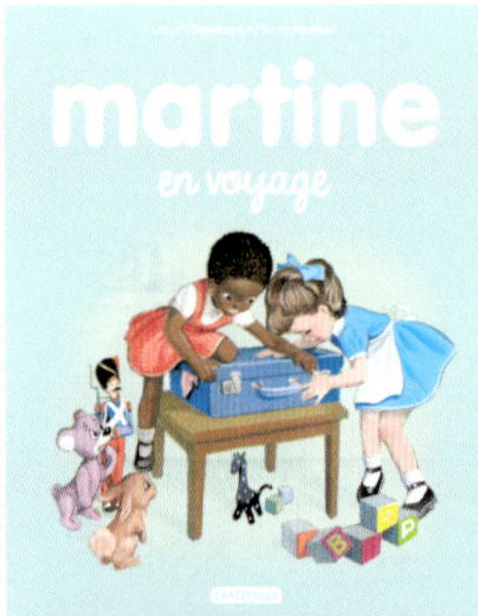

martine
garde son petit frère
casterman

Gilbert Delahaye • Marcel Marlier
martine
fête son anniversaire
casterman

martine
jardine

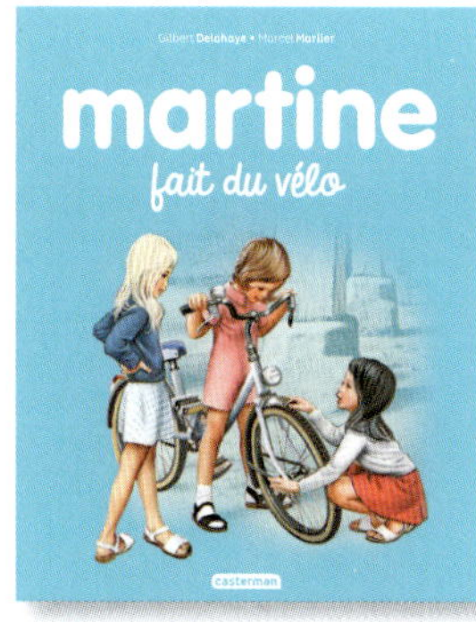
Gilbert Delahaye • Marcel Marlier
martine
fait du vélo
casterman

martine
petit rat de l'opéra
casterman

martine
à la fête des fleurs
casterman

martine
fait la cuisine
casterman

martine
apprend à nager

martine
est malade
casterman

martine
en vacances
casterman

martine
prend le train
casterman

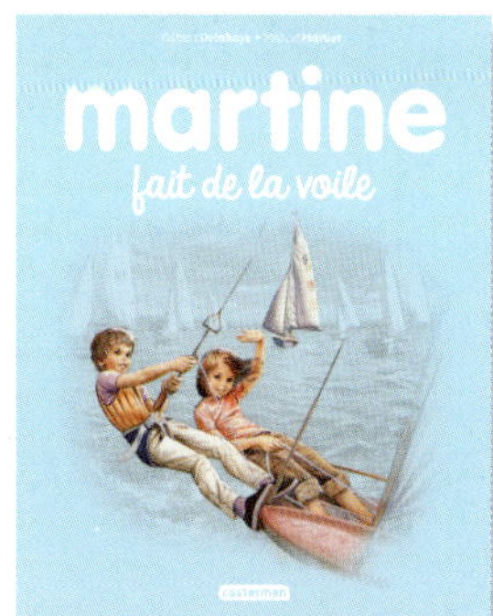
martine
fait de la voile
casterman

martine
fête maman
casterman

martine
à l'école

martine
découvre la musique
casterman

martine
a perdu son chien
casterman

Gilbert Delahaye • Marcel Marlier
martine
dans la forêt
casterman

Gilbert Delahaye • Marcel Marlier
martine
et le cadeau d'anniversaire
casterman

Gilbert Delahaye • Marcel Marlier
martine
un mercredi pas comme les autres
casterman

Gilbert Delahaye • Marcel Marlier
martine
la nuit de Noël
casterman

Gilbert Delahaye • Marcel Marlier
martine
se déguise
casterman

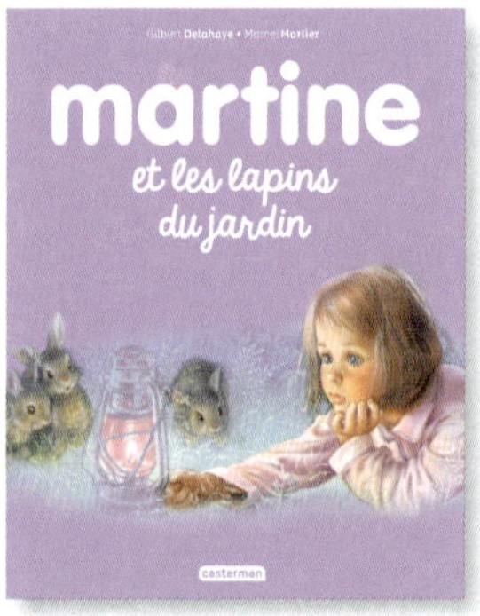
Gilbert Delahaye • Marcel Marlier
martine
et les lapins du jardin
casterman

Gilbert Delahaye • Marcel Marlier
martine
baby-sitter
casterman

Gilbert Delahaye • Marcel Marlier
martine
au pays des contes
casterman

Gilbert Delahaye • Marcel Marlier
martine
et les marmitons
casterman

Gilbert Delahaye • Marcel Marlier
martine
prépare une surprise
casterman

Gilbert Delahaye • Marcel Marlier
martine
l'arche des animaux
casterman

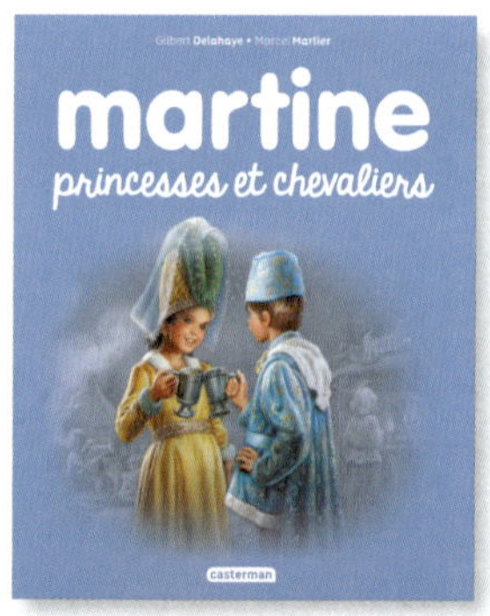
Gilbert Delahaye • Marcel Marlier
martine
princesses et chevaliers
casterman

Gilbert Delahaye • Marcel Marlier
martine
et les fantômes
casterman

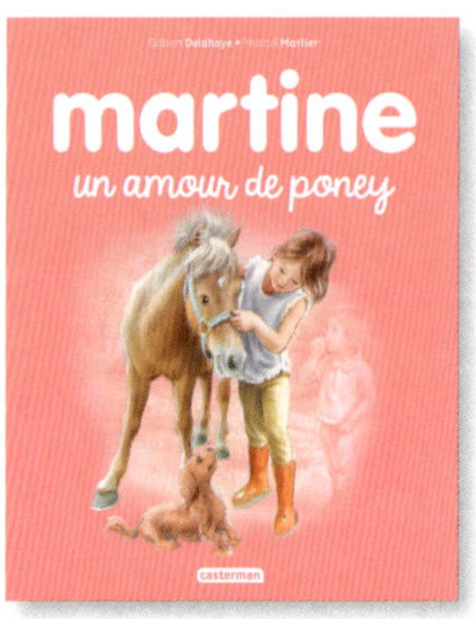
Gilbert Delahaye • Marcel Marlier
martine
un amour de poney
casterman

Gilbert Delahaye • Marcel Marlier
martine
la dispute
casterman

Gilbert Delahaye • Marcel Marlier
martine
drôle de chien !
casterman

Casterman
Cantersteen 47
1000 Bruxelles

www.casterman.com

ISBN : 978-2-203-12573-5
N° d'édition : L.10EJCN000602.C002

© Casterman, 2017
D'après les albums de Gilbert Delahaye et Marcel Marlier.
Achevé d'imprimer en mai 2017, en Italie.
Dépôt légal : mars 2017 ; D.2017/0053/82
Déposé au ministère de la Justice, Paris (loi n°49.956
du 16 juillet 1949 sur les publications destinées à la jeunesse).

Tous droits réservés pour tous pays.
Il est strictement interdit, sauf accord préalable et écrit de l'éditeur,
de reproduire (notamment par photocopie ou numérisation)
partiellement ou totalement le présent ouvrage, de le stocker
dans une banque de données ou de le communiquer au public,
sous quelque forme et de quelque manière que ce soit.